〈はしがき〉「もう読めるだろう！」

小学校3年生になった日、辰雄叔父さんが「もう読めるだろう！」と言って、一冊の本を手渡してくれた。

『吾輩は猫である』だった。難しい漢字にはフリガナが付いていた。

書き出しの文章、最初から面白かった。

「吾輩は猫である。名前はまだない。どこで生まれたかとんと見当がつかぬ。なんでも薄暗いじめじめした所でニャーニャー泣いていたことだけは記憶している。吾輩はここで始めて人間というものを見た。しかもあとで聞くとそれは書生という人間中で一番獰悪な種族であったそうだ。この書生というのは時々我々を捕らえて煮て食うという話である。……」

一番強く覚えているのは、お正月に、猫が雑煮の餅を喉に引っ掛け踊っている場面である。子どもたちが、周りに集まって「猫が踊っているよ！」と言って騒いでいた。

「小説って、こんなに面白いんだ。もっとたくさん読みたいな」

〈三つ子の魂、生涯忘れず〉である。

この時以来、私は小説大好き少年になった。


日本近代文学の二大巨峰は、夏目漱石・森鷗外である。

文豪の夏目漱石は、何故、どのようにして『吾輩は猫である』から小説を書き始めたのか？　その謎を解くことに挑戦したい。

人間は誰でもすべて人間としての共通点があるが、同時に、人それぞれにはその人独特の個性・特徴点がある。

漱石への人間的共感も大事だが、むしろ彼独特の個性に目を光らせたい。

まず、どのような少年時代を送ったのだろうか。

彼はどのような学生時代を送ったのだろうか。

学校を卒業して、社会に出てどのような仕事を始めたのか。

何故、彼はどのようにして、作家になったのか。

彼の作家生活は、実際にはどのようなものだったのか。

漱石の生涯を追って、その独特の個性、生き方を探ることにしたい。
本書は、幾つもの疑問に挑戦する「謎解き物語」でもある。

序章　なぜ、養子に出されたのか？

1節　幼名は金之助

慶應3（1867）年は、江戸幕府が倒れた年である。

翌年、元号も慶應から明治に変わった。

二百年以上続いた江戸幕府の体制が崩れ落ちて、明治時代の幕が開いた。

日本の歴史全体を振り返ると、この時代は、日本国の存在そのものが危ぶまれる激動の時代であった。

13世紀のモンゴル皇帝フビライの元寇以来、再び国難が迫ってきた。

江戸時代の末頃には、ロシアやアメリカの捕鯨船が大量に日本の沿岸に押し寄せていた。

大国の清帝国すら、アヘン戦争でイギリスに香港を取られている。

1854年に、アメリカのペリー提督が浦賀に来航した。

1861年には、ロシアの軍艦、ポサドニック号が対馬を占領するという事件が起きている。幕府はイギリスの軍艦に頼んで、ようやく難を免れた。小国の日本がこの国難に対処し、欧米の圧力に屈せず、封建国家から近代国家へと大きく変化していく時代であった。

慶應3（1867）年1月5日が、〈私の誕生日〉である。その翌年、元号が変わり明治元（1868）年となった。

場所は江戸城下の牛込馬場下横町で町名主という大きな役目を担った夏目家に、私は生まれた。

生まれたばかりの私は、何も分からなかった。

ある時、「僕の名前は、なぜ金之助なの？」と尋ねてみた。

大人たちがいろいろ説明してくれたので、いくらか分かってきた。

「申《さる》の日の、申の刻（午前4時頃）に生まれた子は、末はうまくいけばたいへん出世するが、悪くすると大泥棒になるかもしれない。金の字のつく名前にすれば、災難を逃れられるだろう」

「私が生まれた1月5日が、良くない」というのだ。とんでもない日に、この世に出てきたものだ。

この迷信を信じた父が禍を避けるために、「金の字」のつく名前、〈金之助〉にしたらしい。

貧乏になるより、金持ちの方が有難いので、自分でも〈金之助〉の名前に満足している。

私が生まれた翌年、明治元（１８６８）年1月3日、京都の鳥羽・伏見で、戦いが始まった。幕府軍1万５０００人が、薩摩・長州の連合軍５０００人に敗れた。

3月13〜14日の西郷隆盛と勝海舟の会談で、4月に江戸城を無血開城することとなった。

幕府の旗本たちが決起した上野彰義隊の反抗も、長州藩大村益次郎指揮下の維新政府軍に、わずか一日で撃破されている。

明治２（１８６９）年5月18日、幕府の最後の拠点〈五稜郭〉が落城し、戊辰戦争が終結した。

夏目家の役割も、江戸幕府の町名主から、明治維新政府の下役へと大きく変化していった。町名主制度が崩れたのである。

町名主夏目家は、その権威も崩れ、経済的収入も激減することとなった。

2節　夏目家から里子に出された

私の父、夏目直克《なおかつ》は、大切な仕事をする江戸幕府の役人だった。

母の名は千枝である。

すでに、3人の兄と2人の姉がいた。つまり、金之助は余分な子である。

私、金之助が生まれた時、父、直克は54歳、母、千枝は41歳であった。

父、直克は、町名主という責任ある大役を担っていた。

「上に男の子がすでに3人もいる。6番目に生まれた男の子まで面倒が見切れない。しかも、申の刻に生まれたこの子は大泥棒になるかもしれない。やむを得ない。子どものいない家に、里子として預けることにしよう」

こう考えた父から、私は放り出されたのである。

当時、何も分からない幼児だった私、金之助は、四谷の古道具屋に里子として出されたという。

数十年後、私、夏目金之助の家族は、愛妻、鏡子に、娘が４人、息子が２人という大家族となった。自分は作家の仕事に神経をすり減らす生活で、家族の世話、万般は、すっかり妻の鏡子に任せていた。

そう考えると、幕末の慶應３（１８６７）年1月5日に生まれた私、金之助が、父親から里子に出された事情も少しは理解できる。

四谷の大通りには、日暮れ時から、いろいろな露店が並んでいた。

この中に古道具屋が1軒あった。夕方になって胡座を広げ、その上に古い陶器や掛軸などを並べて売っている。

そこに、若い娘が通りかかった。夏目家の次姉、房子だった。

道端の古道具屋の軒先のガラクタに混じって夜店に晒されている子どもが、房子の目に留まった。

籠の中で、冷たい夜風に吹きさらされ、赤ん坊が泣いていた。

「あっ、金ちゃんじゃないの。こんな道端の籠の中にいるなんて、かわいそう。私、連れて帰るわ！」

見かねた房子は金之助を自分の懐にだき抱えて、夏目家に連れて帰った。

「里子に預けていたのに、お前はどうして連れ戻したのだ！　勝手なことをするな！」

房子は、父親の直克に怒鳴られた。

江戸幕府が崩れ、明治維新政府が成立し、世の中が大きく変わっていく時代であった。

3節　塩原家の養子となる

明治元（１８６８）年1歳のとき、金之助は四谷太宗寺の門前名主、塩原昌之助・やす夫婦の養子として塩原家に引き取られた。

当時、塩原家は内藤新宿北町16番地にあった。この時、養父母の二人は同年齢の29歳であった。

明治５（１８７２）年、戸籍が新しくなった時、養父は5歳の金之助を〈戸主、塩原金之助〉と届け出した。

金之助は6歳の時、種痘に失敗して疱瘡にかかった。

全身、かゆくて堪らない。金之助は、転げまわって泣き叫んだ。死ぬほどの苦しみだった。

疱瘡はやっと治ったが、鼻の上と、頰のあたりにアバタが残った。

金之助はずっと後になっても、この顔面のアバタを大変気にしていた。

ようするに金之助は、人並みはずれた神経質なのである。この神経質は頭が良いということだが、良すぎると爆発を起こすこともある。

養父母の塩原昌之助・やすは、金之助を溺愛した。

明治の初め頃は、和服の時代であり、洋服を着る人は少なかった。

その頃に、金之助は塩原の養父から珍しい洋服を作って貰ったり、フェルトの帽子まで買い与えられている。金之助に高価な玩具を買い与えたり、ちりめんの着物を着せたりしていた。

長火鉢を囲んで差し向かいに、質問が投げかけられた。

「お前の御父っさんは誰だい？」

「お前の御母さんは？」

養父母の不安を一時的に鎮めたが、こうした問いは、金之助の心に、深く大きな不安感を与えた。

養父母は、金之助の歓心をかう事に懸命であった。恩を売る事で、将来、出世した〈わが子〉を利用しようと考えていたのである。

「僕は、ほんとうに誰の子なのだろうか？」

すべて分からなかった。

「家族とは何なのか？　親はわが子をどう思って育てているのか？　本当の親だと繰り返し言うが、なぜなのだろうか？」

金之助は繰り返し考え続けた。

里子、養子を経験した金之助は、早くから哲学者になっていた。迷って、迷って、どう考えても結論の出ない哲学者であった。

学校で勉強するようになっても、答えは出てこない。

大学生になれば、さらに疑問が深くなってくる。人間とは何者なのかが問われるようになった。

漱石の小説には、こうした迷いと疑問が渦巻いている。

4節　養父母が、離婚騒動

明治7（1874）年、金之助が7歳になった。

この年に、養父、塩原昌之助が、同じ町内の旧幕臣の未亡人日根野かつと親しくなった。昌之助は、養母・やすと別居状態になった。

養父母の離婚騒動で、金之助はボール球のように、あちら、こちらと転がされていた。

幼かった金之助の頭には、あれこれの事がボンヤリ残っている。

金之助の家に、お清というお婆さんが奉公していた。

金之助をとても可愛がってくれた。自分の小遣いで、お菓子を買ってくれたりしていた。

ある日、お清が本当の話をそっと教えてくれた。

「おじいさん、おばあさんが、金ちゃんの本当のお父さん、お母さんですよ」

「浅草のお父さんは、嘘なの？」

「そうです。金ちゃんを貰った人なのです」

金ちゃんは、驚くとともに約束した。

「誰にも言わないよ！」

明治7（1874）年12月、7歳の塩原金之助は小学生として浅草寿町の戸田小学校に入学した。以後、予備門入学に至るまで、金之助は成績優秀であった。

明治9（1876）年2月末に養父が戸長を免職され、4月に養母やすの離婚が届け出された。

こうして9歳となった金之助は、塩原家在籍のまま、ようやく生家の夏目家に帰ることが出来た。

この間の複雑な戸籍上の動きについては、幼い金之助は全くの門外漢であった。生家に帰ったが、塩原金之助は浅草寿町の戸田小学校から、牛込の市谷学校に転校した。

彼の学業成績はずば抜けて優秀だった。

小学生の頃から、素晴らしい才能の持ち主であることを教師が認めていた。金之助は二度も、飛び級をしている。

実家に帰っても戸籍上の争いが10年間も続き、22歳になってようやく夏目金之助となったのである。

この間の事情は、小説『道草』（１９１５年）に名前を変えて、詳しく描かれている。

1章　頭の良かった金之助

1節　『正成論』を書く

明治10（1877）年は、西南戦争の年である。

旧、薩摩藩の失業した武士たちは、気分がおさまらない。

彼等に押し立てられた西郷隆盛が、反乱軍を率いて熊本城を包囲・攻撃し、明治維新政府は危機に立たされた。

谷干城の守る熊本城は、西郷の薩摩軍に包囲された。維新政府は、旧、幕臣なども含めて警察軍や抜刀隊を組織して、西郷軍の攻撃から、熊本城をようやくの思いで守ることが出来た。

維新政府の勝因の一つは、岩崎弥太郎の商船を活用した海軍であった。反乱軍の背後に軍隊を上陸させることが出来た。西郷軍は前後から攻撃され退却するしかなかった。

金之助は、そういう時代に幼年期を過ごしたのである。

明治11（1878）年、12歳の頃の金之助は市谷学校上等第八級在学中に友人島崎柳塢らとともに、子どもたちばかりの回覧雑誌を作っていた。

その回覧雑誌に、金之助は仮名まじりの文300字ほどで『正成論』を書いている。

金之助が書いた『正成論』には、西南戦争という時代背景があった。子どもながらに、楠木正成のような忠君愛国の武士に思いを馳せていた。

「凡ソ臣タルノ道ハ二君ニ仕ヘズ、心ヲ鉄石ノ如クシ、身ヲ以テ国ニ徇へ、君ノ危急ヲ救ウニアリ。中古我国ニ楠正成ナル者アリ忠且義ニシテ智勇兼備ノ豪傑ナリ……正成、勤王ノ志ヲイダキ、利ノタメニ走ラズ。害ノタメニ逃レズ、ヒザヲ汚吏貧士ノ前ニ屈セズ、義ヲ惜シミテ死ス。嘆クニ堪ウベケンヤ、噫。」

すでに史論の体裁を整えた堂々たる文章である。

この『正成論』を読むと、金之助の漢文の素養が浅くない事が分かる。

金之助は、少年時代に『春秋左史伝』などを好んで学んでいた。そうでなければ、このような『正成論』が書けるはずはない。

天下国家を踏まえたうえで、文学とは何かということを、すでに考えていたと思われる。

明治40（1907）年、大倉書店より刊行された漱石『文学論』序に、次の文章がある。

「余小時好んで漢籍を学びたり、之を学ぶ事短かきにも関らず、文学は斯くの如き者なりとの定義を漠然と冥々裡に左国史漢より得たり」

明治11（1878）年10月、金之助は神田猿楽町錦華小学校に転校、卒業した。

金之助の『正成論』が、教師たちを驚かせた。

小学生の塩原金之助が、12歳の年齢でこのような楠木正成を讃える論文を書いている。その事を、教師が東京府廳に報告した。

《塩原金之助　学業優等ニ付賞與候事　明治十一年十月二十四日　東京府廳》

この優等賞は、東京府廳から授与されたものである。

小学校教師から金之助『正成論』の報告を受けた東京府廳が、この優等賞を授与したのだと思われる。

この優等賞授与に続いて、金之助は東京府立第一中学校（神田一ツ橋）に入学した。

優等賞を授与された金之助は、中学生となって『論語』など漢学の勉強にさらに励むことになった。

2節　母、千枝が亡くなった

明治5（1872）年に、東京（新橋）・横浜間に汽車が走り出した。

明治10年代になると、世間の様子は大きく変わっている。

それまで世の中で使われていた紙幣から、1円金貨・50銭銀貨・1銭銅貨・1厘銅貨という小型の金属貨幣へと変わっている。

町には、明治2（1869）年に始まった人力車が盛んに走り、町筋には八百屋さん・魚屋さんの店も並んでいた。酒屋もあれば、肉食も始まっていた。

明治14（1881）年、金之助15歳の正月である。夏目家には多くの客が集まり賑やかだった。

台所から、ばあやの清が走ってきた。

「お母さんが、今、台所で倒れましたよ！」

金之助は、必死に走った。大好きなお母さんである。

「金ちゃん。お水をちょうだい。もうだいじょうぶよ」

お母さんを奥の部屋に運んで布団に寝かせ、医者を呼んだ。

金之助は、毎日、お母さんの看病をした。

「金ちゃん、偉い人にならなくても良いから、正しい心の人になりなさいよ」

これが、金之助の心に残る、母、千枝の最後の言葉であった。

1月21日に、金之助の実母、千枝が55歳で亡くなった。

「母の名は千枝といった。わたくしはいまでも、この千枝ということばをなつかしいものの一つに数えている。だからわたくしには、それがわたくしの母だけの名まえで、けっしてほかの女の名まえであってはならないような気がする。さいわいに、わたくしにはまだ、母以外の千枝という女にであったことはない」

漱石は『硝子戸の中』（１９１５年）で、このように回想している。

母、千枝は、娘の頃に明石の殿様の奥向きに御殿奉公した、教養も高く、気立てもやさしい品格のある婦人だった。

金之助は第一中学校を退学し、麹町の三島中州経営の私立漢学塾、二松学舎に入学し、漢学を学んでいた。

同年7月に二松学舎の第三級第一課を卒業し、11月にはさらに同第二級第三課を卒業している。

金之助の学力が、ずば抜けていたことの証明である。

3節　英語を学べ！

当時、東京に進文学社という学校があったが、英語コースとフランス語コースを希望する学生が多かった。

明治4（1871）年、普仏戦争でフランスがドイツに敗れたことで、ドイツ語のコースにも学生が集まり始めている。

森林太郎は西周に勧められて進文学社でドイツ語を学び始めた。東京の医学校の教師は、ベルツ博士などすべてドイツ人だった。

別に、ロシア語を学ぶ学校も始まっている。二葉亭四迷はロシア語を学び、ツルゲーネフの『あひびき』などを翻訳している。

明治14（1881）年、金之助が漢学塾で学んでいた時、大好きな長兄の大助さんが声を掛けてきた。

「文学は職業にならない。英語を学べ！」

長兄、大助から今からの時代に生きていくためには英語が大事だと、強く勧められた。大助には、時代の流れが分かっていた。当時、欧米の言葉を学ぶことは青年たちの常識だった。


「これからの日本は、英語だ！」

大助は英語を学ぶことで、明治政府の役人になり、高給取りになっていた。

「だけど兄さん、漢文を教える学校が〝正則〟で、英語を教える学校は〝変則〟ですよ」

「理屈を言うな！　大学予備門は、英語をやらないと試験に通らないぞ！　これからの時代は英語だぞ！」

「そうかな？」

「金之助！　この家で偉くなれるのはお前しかいない。大学を目指せ！」

15歳の金之助は、まだ迷っていた。二松学舎という漢学専門の学校で、「史記」「論語」「文章規範」「唐詩選」などを猛勉強していた。

また、兄の大助に問われた。

「お前は、将来、何になるつもりだ？」

「僕は、小説家になりたいのです」

「小説家じゃ、飯は食えんぞ！　大学を卒業して国を動かす政治家になれ！」

金之助は、大助兄さんの言葉に従うことにした。

「いろんな事は、大助兄さんが勧める大学に入ってから考えることにしよう」

当時、長兄、大助の月俸は45円、英語が読める高給取りの役職についていた。父親の直克も役人ではあったが、その月俸は20円であった。

すでに時代は大きく変わり始めていた。

金之助が成立学舎で英語を猛勉強するようになったのは、高給取りに出世していた兄、大助が勧めたからである。

明治16（1883）年、17歳、金之助は二松学舎をやめ、成立学舎に入学して英語の勉強を始めた。

漢文の語順・文法は、英語によく似ている。

漢文の「我愛汝」は、英語では〝I love you.〟である。

漢学の力は、英学の勉強にも役に立った。

漢文も英語も、〈主語　動詞　目的語〉の語順で、同じである。

日本語はウラルアルタイ語で、語順・文法は大きく異なっている。

「私は　貴女を　愛します」、〈主語　目的語　動詞〉である。

明治17（1884）年9月、金之助が首尾よく大学予備門予科に入学できたのは、英語の成績が良かったからである。

漢学の力が抜群であった彼は、英語の勉強にも役立った。

この頃、彼は父の家を出て、下宿生活を始めた。この下宿生活が、中村《なかむら》是《ぜ》公《こう》との親交の始まりである。

4節　落第から優等生へ

明治19（1886）年、20歳の金之助は腹膜炎のため、試験を受けられなかった。その頃、大学予備門と外国語学校、工部大学とが合併して第一高等学校となった。合併の混雑の中で、金之助は追試験さえ受けられなかった。

このゴタゴタの中で、金之助は落第せざるを得なかった。

当時、金之助は神田猿楽町の末冨屋に下宿生活をしていた。

「僕は落第を機として、色々な改革をして勉強した。僕の一身にとって、この落第はひじょうに薬になった。その時、落第せずに何とかゴマ化していたら、今頃はどんな者になっていただろうかと思う」

後に、雑誌記者から「落第」について問われた時に語った言葉である。

金之助は中村是公と一緒に、私塾江東義塾の寄宿舎に住んでいた。

その2階の部屋で暮らしながら、塾の先生をしていたのである。

江東義塾の先生になり一日に2時間ほど英語と地理と幾何を教えると、毎月5円の収入があった。

ある日、一通の電報が来た。

「ダイスケ　キトク　スグコイ」

家に帰り、大助兄さんの部屋に入った。

「お父さん！　私が死んだら、この家は金之助に継がせて下さい」

この言葉を残して、翌日、大助兄さんは息を引き取った。

明治20（1887）年、21歳のとき金之助は急性トラホームになり、寄宿舎から自宅に帰った。

3月に長兄大助が31歳で亡くなり、6月には次兄栄之助も亡くなった。

そのため金之助は、父、直克の強い意向で、江東義塾から牛込の夏目家に戻る事となった。

明治21（1888）年1月、養父塩原昌之助と実父夏目直克との間に話がまとまり、金之助はようやく夏目姓に返った。

その時、塩原昌之助宛に、一札を入れた。

「今般私儀貴家御離縁に相成因て養育料として金弐百四拾円実父より御受取之上私本姓に復し申候就ては互に不実不人情の相成らざる様致度存候也」

この書き付けが後年、『道草』にあるようなゴタゴタの原因となった。

後に塩原昌之助は、人を介して、この書き付けを利用して、金をせびりに来たのである。

「〝互に不実不人情の相成らざる様致度存候也〟と、この書き付けに書いているではないか。お前は不人情なのか?」

後の作品に、この事が記されている。

9月、金之助は第一高等学校文科に進んだ。

2章　どの道へ進むのか？

1節　「建築より文学をやれ！」

明治21（1888）年1月、塩原家から復籍して夏目金之助となった。年齢は21歳である。

7月、第一高等中学校予科を卒業した。

ある日のこと、米山保三郎《よねやまやすさぶろう》と太田達人《おおたたつんど》という、仲の良い友達が金之助の家に遊びにきた。

3人は、武蔵野の原で、寝転がって焼き芋を食い始めた。

突然、米山が大声で叫んだ。

「ああ、悠々たるかな宇宙、空間に生まれ、空間を究め、空間に死すか」

金之助が後を続けた。

「この空間に生まれ、我々は焼き芋を食うのだ」

３人は大笑いした。

金之助は、天然居士と呼ばれていた米山保三郎から問われた。

「お前はどうする気だ？」

当時、夏目金之助は将来の志望に思い悩んでいたが、この時、趣味と実益をかね工科大学の建築科に進もうと考えていた。

「俺は建築科に行くつもりだ」と、答えた。

「建築科など止めろ。どんなに頑張ってもセント・ポール大寺院のような建築物は無理だ。建築物は作っても崩れる、それより文学のほうがずっと生命力がある。文学は崩れない。文学をやれよ」

「しかし、文学では飯が食えんぞ」と、金之助は反論した。

「細かい事を言うな！　宇宙を見れば、人間なんて細かなものだ。人間は死んでも、良い文学には永遠の命があるのだ」

米山の言葉が、金之助の心に〈ドスン！〉と響いた。

「なるほど、文学か」

金之助の心が揺すぶられた。

「米山の考えている事はデカい。しかし、それが正しい。紫式部の『源氏物語』も、清少納言の『枕草子』も生きている。近松門左衛門、松尾芭蕉、井原西鶴もまだ読まれている。よし分かった。俺も作家になろう」

こうして金之助は、英文科に進むことにした。

この日が、金之助が作家へと足を踏み出す決定的な日となった。天然居士、米山保三郎が作家漱石の生みの親、いわば助産婦であった。

明治21（1888）年9月、金之助は第一高等学校の本科にすすんだ。

2節　正岡子規と知り合った

明治22（1889）年1月、金之助は日本橋瀬戸物町の寄席伊勢本に、講釈を聞きに出かけた。金之助は小さな時から兄たちに寄席に連れて行かれ、それが病み付きになって、講釈や落語が大好きな人間になっていた。

もうひとかどの通人で、伊勢本でも常連客であった。

その日は、偶然、同級生の正岡常則《つねのり》も寄席に来ていた。

「何だ、お前も寄席が大好きなのか？」

「そうだ。俺も寄席が大好きだ」

高座に落語家が現れた。ぴょこんとお辞儀をして、扇子をパチリと開けたり、閉めたりである。

「ええ、ようこそのお運びで、あい変わらずのお話です。笑う門には福来ると申しまして」

正岡常則、子規と金之助は同じ年で、第一高等学校の同級生であった。

正岡は四国の松山出身で、上京していた。小説も書き始めていた。

５月のある日のこと、正岡が金之助に一冊の本を手渡した。

表紙に『七草集、子規』と書いていた。

「この子規と言うのは、君の号なの？　どういう意味なのか？」

「〈ホトトギス〉は、〈子規〉とも書く。僕は胸が悪くて、５月に血を吐いた。〈泣いて血を吐くホトトギス〉なんだよ」

金之助は、家に帰って『七草集、子規』を読んでみた。

漢詩、和歌、俳句、論文がある。学校の勉強以外に、これほど素晴らしい作品を書いている。金之助は、正岡の人物に惚れ込んだ。

やがて夏休みになった。金之助は房総半島あたりを旅行した。そして紀行文を漢文で書き、漢詩も書いた。

9月、一冊の本にして表紙に『木屑録《ぼくせつろく》　漱石頑夫』と書いて、子規に渡した。『晋書』の「孫楚伝」にある「石ニ漱ギ、流レニ枕ス」が、漱石の号の謂れであり、頑固者という意味である。頑夫も文字通り、頑固者という意味だ。

子規は巻末に言葉を書いて、金之助に渡した。「英語を読む者は漢文ができないし、漢文のできるものは英語が読めない。しかし両方ともに力のある漱石のような者は千万人に一人である」

性質が似ていた。寄席の趣味もあった。違ったところもあったが、文学を学ぶ者として生涯最高の友人となった。

明治22（1889）年は、雅号〈子規・漱石〉が決まった記念すべき年である。

3節　落第を転機に、特待生となった

明治19（1886）年4月、大学予備門が第一高等中学校と名前が変わった。

7月に受けた試験結果も良くなかった。おまけに腹膜炎を患って進級試験が受けられず、落第した。

夏目金之助は、この落第を転機に、以後卒業まで首席を通した。

自活を決意し、中村是公《なかむらぜこう》とともに本所の江東義塾で月給5円の教師となり、塾の寄宿舎生活するようになった。

この時の落第仲間の中村是公は後に満鉄総裁になっている。

後年、漱石は落第した学生に、この時の自分の体験を語って聞かせた。

「なあに、落第のいっぺんくらいやった方がいいさ」と言って、励ましている。

明治22（1889）年12月、休暇で松山に帰っている子規に漱石は手紙を書いた。

「君の文章は、なよなよして、元気がない。立派な文章を書くためには、思想を養わなければならない。美しい文章など、二の次だ。後世に残るようなものを書くためには、思想を養わねばならない」

すると、子規からすぐ、返事が来た。

「お手紙有難う。全く君の御意見の通りだ。私は自分の内面を観察し、まわりもみている。日本や東洋の本を読んでいる。読んだものについて考えている。文章の形でなく、立派な小説を書くつもりだ」

漱石はまた返事を書いた。

「君の考えは分かった。思想を作るには本が必要だ。しかし、もっと西洋の文化を学ばなければならない。日本の文学は、ヨーロッパ文学に比べると、思想が弱い。君も英語は読める。日本と東洋だけでなく、もっと広々した世界に出たまえ。平凸凹より」

若い頃疱瘡にかかり顔にアバタが凸凹していたので、漱石はふざけた別の号にしたのである。

4節　毎日、図書館で猛勉強

金之助は、マジメだった。一週間に40時間も講義をうけていた。

そのうちに気が付いた。

「40時間の講義を20時間に縮小する。そうすれば、図書館で本を読む時間が出来るではないか」

英文科を選んだ金之助である。

「図書館の英書全てを読みたいがそれは無理だ。よし、毎日、8冊、9冊くらいは読めるだろう」

金之助は図書館にある膨大な英文の本を、まるで食べ尽くすかのようなスピードで読み始めた。

こうして、漱石の英語力は抜群となったのである。

明治23（1890）年、第一高等学校を一番で卒業し、帝国大学（いまの東京大学）英文科に入学した。

成績優秀の評価を受けた夏目金之助は、入学後ただちに〈文部省貸費生〉となった。

文部省から金を貸すので、社会に出て収入があるようになって国に返却すれば良いということだった。真面目な漱石は、後に国に返却している。

明治24（1891）年7月には、学業成績抜群という理由で、直ちに〈特待生〉になった。

〈特待生〉というのは授業料が免除されるということで、こちらには出世払いという義務は無かった。

漱石の英語は本物だった。外国人教師マードックという歴史の先生と、英語で2時間もかけて議論している。

英文科主任教授J・M・ディクソンに頼まれて、鴨長明の『方丈記』を英訳した。

漱石は秀才の名を響かせたが、一方では、「英文学に欺かれたが如き不安の念を押えきれなかった」と語っている。

既に、漱石の鋭敏な感受性は、東西二つの文化の間の葛藤に、引き裂かれていたのである。

「英米文化と、日本文化をどう考えれば良いのか？　その共通点と、相違点をどう考え、自分の心の中でまとめていけば良いのか？」

漱石は、すべてについて自分で見極めがつくまで、考え続けるのである。

我々普通の人間と、そこが違っている。

簡単に言えば、極端な神経質である。

彼の神経質はとことんまで突き進むというもので、何か考え始めると決着が着くまで徹底的に考え、悩み続けるのである。
そこが凡人の我々と、漱石の違いなのだと思われる。

3章　人生、どう生きるのか？

1節　ホイットマンの詩に感動

明治25（1892）年26歳の夏目金之助は、4月、徴兵を逃れるために分家届を出し、北海道後志國岩内郡吹上町17番地に移籍し、北海道平民となった。兵役を逃れるためこのように移籍することは、元、町名主、夏目直克のような有力者の間では自然に行われていたことである。

5月、学費補給のために、東京専門学校（いまの早稲田大学）の講師となった。この講師は、明治29年まで続いている。

夏休みには、子規と京都、堺を旅行し、松山の子規の家で高浜虚子と初めて会っている。

6月には東洋哲学の論文として『老子の哲学』といった堂々たる論文を書いた。

大学2年の終わりには『哲学雑誌』の編集委員になった。

その『哲学雑誌』に「文壇における平等主義の代表者ウォルト・ホイットマンWalt Whitmanの詩について」を発表した。

明治26（1893）年1月、夏目金之助も東京大学に掲げられた掲示板を自分でも見たくなって、そばに行って見た。

「文学談話講演会
　英国詩人の天地山川に対する観念　夏目金之助」

自分の名前が張り出され、くすぐったい気持ちになったが、同時に得意な気にもなった。

『草の葉』の初版の序文で、ホイットマン自身が、次のように語っている。

「大切なのはワーズワースの詩の精神なのだ。その精神は、私が熱愛する〈荒くれ男、顎ひげ、空間、粗野、無頓着〉なのだ」

金之助は、自分の問題としてワーズワースの詩を読んでいた。

「ワーズワースは、自然は人間と同じではない。自然の中には、いうに言われない高尚純潔の霊気が潜んでいる。それは宇宙を貫いているものである。従って、自然の中にいると、すべての凡俗なことを超越して見下せるのである」

金之助は、このようにワーズワースの『草の葉』の詩の精神を紹介した。

夏目金之助の論文は、『哲学雑誌』に連載された。

「夏目君の論文は大したものだ！　あれだけの内容の英文学の研究は、まだ日本にはないぞ」

東京帝国大学外山正一学長はひどく感心して、このような言葉で称賛した。

明治26（1893）年7月、英文科の第二回卒業生として、夏目金之助も大学を卒業した。

明治31（1898）年から、子規派の俳句雑誌として松山で発行されていた「ホトトギス」を虚子が引き受け、東京で出すことになった。虚子は雑誌の経営編集に力を注いだ。

2節　大学卒業後の進路

明治26（1893）年7月、27歳の金之助は東京帝国大学を卒業後、大学院で研究を続けていた。

明治時代は大学も少なく、卒業すると〈学士さま〉と尊敬されていた。

金之助は、迷いに迷っていた。

「子規みたいに、なんでも書きまくって文学の道に進むのか？　あまり自信はないな。では、英文学の研究をするのか？　俺には、学者になる気はない。とにかく、俺のやりたい事は、〈文学とは何か〉である」

いろいろ考え、考えあぐねていた。

その時、「第一高等学校と東京高等師範学校の両方から、英語教師にならないか」という話があったが、金之助はあいまいな返事をしていた。

ある日、第一高等学校の久原校長から呼び出された。

「一高の方に来ると言いながら、ほかにも相談されているという。困るじゃないか、文部省に手続きをしているのに、どうしてくれるのだ！」

校長室へ入ると、そこに高等師範の嘉納治五郎校長も来あわせていた。

嘉納治五郎（1860〜1938）は、従来の柔術に科学的改良を加えて講道館柔道を創始（1882年）し、〈自他共栄、精力善用〉の修行精神をもって数多くの柔道家を育てたという傑出した人物である。

「夏目君、高等師範学校の方の教師になっても構わないよ。嘉納君の柔道に負けたよ。私は残念だが、仕方がない」

久原校長は金之助が来る前に、すでに話を進めていたのである。

「そういう事だ。わしは君に来てもらいたいのだ。高等師範は、中学校の教師を教育するところだ。生徒の模範になるような教師を育てて貰いたい」

金之助は、自分には無理だと思って断ろうと思った。

「私は欠点だらけの人間です。自分を曲げて、にせの人格者にはなれません。お断りします」

嘉納校長は、突然、豪快に笑い出した。

「模範になれは、私の希望だ。君の思うままで良いのだ。わしは君を絶対に離さない。はっはっは、はっ！」

金之助も、柔道の大家、嘉納治五郎に背負い投げを食らったのである。

こうして明治26（1893）年10月、辞令が出された。

「高等師範学校英語授業を嘱託、一カ年金四百五十円給与」である。

金之助は引き受けた以上、英語の授業は熱心であった。

しかし、同時に前々から自問自答していた難問を繰り返し始めた。

「俺は文学をやりたいのだ。文学とは何なのか？　人生とは一体、何なのか？」

ただ英語の授業をするだけでは、こうした疑問は解けなかった。

3節　悩みは解決したか？

明治27（1894）年2月、27歳の金之助は血痰を出して、医師に肺結核の初期と診断された。

専心療養につとめ、弓道を習った。

7月、夏休みになって間もなく、日清戦争が始まった。

陸軍は朝鮮に上陸し、清国軍と戦った。連戦連勝で勝ち進んでいる。

海軍も、豊島沖の海戦を皮切りに、清国の軍艦をどんどん撃沈している。

大山巌大将の軍隊が山東半島に上陸し、清国海軍の丁汝昌提督が自決し、戦いの決着が付いた。

小国の日本が、大国の清国と戦って、次々と勝利をおさめ始めた。

世界の各国も驚き、日本国民は有頂天になっていた。

明治28（1895）年、下関条約で、日本は清国から多額の賠償金を取り、台湾は日本領となった。遼東半島も手に入れた。しかし、三国干渉で清国に返還することになった。

当時は、歴史激変の時代であった。

夏目金之助にはすべてが面白くなかった。彼の心の悩みは解決されなかった。

「落ち着かない時は、山や野を思い切り歩くのが大切だ。そうだ。松島に行くことにしよう」

こうして金之助は、東北地方宮城県の松島に向かった。そして瑞巌寺という有名な寺を訪れた。

「この寺には、南天棒という有名な禅のお坊さんがいる。座禅を組んで悩みを解決したいものだ」

金之助はお寺の周りを何度も繰り返し回ったが、時間もあまりないので、諦めて帰った。

夏休みが終わった。寄宿舎へ帰ったが、心の悩みは増すばかりだった。

金之助は寄宿舎を出て、友人の菅虎雄の家に行った。まだ心が落ち着かない。

12月も押し迫った暮れのある日、菅虎雄に紹介状を書いて貰った。

こうして金之助は、鎌倉の円覚寺の山門をくぐった。

4節　鎌倉円覚寺で座禅

明治27（1894）年12月から翌年1月にかけて、文学や人生に対する悩みに苦しんだ金之助は、内面的不安を克服するため鎌倉の円覚寺で参禅することにした。

当時、参禅はなかなか盛んで、米山天然居士、太田達人、菅虎雄などの友達もみなやっていた。

円覚寺には、宗演老師という大変えらいお坊さんがいた。

菅虎雄の紹介状を出して、宗演老師に会いたいと告げた。しばらく立ったまま待っていた。

「こちらへ、どうぞ」と、金之助は奥まった老師の部屋へ案内された。

老師は年寄りでなく、まだ40歳くらいに見えた。赤黒いつやのある引き締まった顔をしていた。彼の目には鋭い光があった。

「何から始めても良いが、〈父母未生以前本来の面目は何であるか〉、それを考えてみよう」

簡単に言えば「お前の父母が生まれる以前に、お前は何だったのか」という問いである。

老師の部屋を出ると、宗活というお坊さんが、座禅をする部屋へ案内してくれた。

本堂を抜けて外れにある6畳の部屋である。

宗活さんは、参禅の心得や老師から出された問題を、朝、昼、晩も一生懸命考えることを教えてくれた。

また、入室といって、老師の部屋へ行くのが朝夕二回、さらに提唱という講義が午前にあることも教えてくれた。

「足を組んで座禅をする時には、線香をたてて時間をはかり、すこしずつ休むといいでしょう」

宗活さんに教えられたとおりに、金之助は足を組んで、線香に火をつけ、座禅を組んだ。老師から出された問題を考えているうちに眠ってしまった。線香をみるとまだ半分しか燃えてなかった。

その日の夜、宗演老師の部屋へ入室した。8畳敷きの部屋に何人か順番を待っていた。

いよいよ金之助の順番が来た。老師は渋柿色の衣を着て、おごそかに座っていた。

金之助は「父母未生以前は〈無〉である」と答えた。

「もっと、ぎろりとした所を持ってこないと駄目だ。それくらいの事は、少し学問をした者なら誰でも言える」

粛然とした老師の言葉である。

「……」金之助は答えられなかった。

「しからば、〈無〉とは何かを考えなさい」

金之助は真剣に考え続けた。

山の中で、年があけて明治28（1895）年になった。寺の中で10日ほど過ごしたが、金之助はついに何の悟りも開けなかった。

この時の参禅の話は、明治43（1910）年3月から朝日新聞に連載した小説『門』に、詳しく書かれている。

4章　四国・九州で教師となった

1節　松山中学校の英語教師になった

明治27（1894）年8月、日清戦争が始まった。連日、新聞紙上に戦争の状況が大きく報道されていた。

日清戦争講和の直前、新聞『日本』の記者として現地に向かっていた子規が、内地へ帰る船の中で血を吐き、そのまま神戸の病院に入院した。

明治28（1895）年3月30日、下関で日清講和条約が締結された。その直後の4月に、夏目金之助が四国松山の愛媛県尋常中学校に赴任した。

中学校の英語教師となった彼の月給は80円であった。校長の35円の2倍以上の高給取りだった。他の中学校教師は、ほぼ20円であった。

安い宿を探した彼は、町はずれの城山の中腹の骨董屋に下宿することにした。

8月27日、子規が松山の金之助の下宿にやって来た。

「夏目君、荷物は後から送ることにした。身体だけ先にきたよ。おれは君の下宿においてもらう事にした」

金之助は自分の勉強部屋をわざわざ2階に移して、下宿の1階に子規が泊まれるようにした。

一人で寂しかった金之助は子規が来たのが嬉しくて仕方なかった。

毎日、二人は、日清戦争で大陸へ渡った話、松山中学校の話、文学の話などを語り合った。

子規にはお金が全くなかった。金之助が自分の月給の中から小遣いを渡した。

「俺は病人だから、精力を付けねばならない」

子規はウナギの蒲焼きなど勝手に注文した。払いは金之助であったが、むしろ喜んでいた。

子規のいる1階に、俳句の弟子たちが集まって〈俳句会〉を始めた。松山の俳句熱は俄かに盛んになった。

子規の俳句の流儀は、〈写生〉であった。

夏目金之助も俳句を作った。
〈叩かれて　昼の蚊を吐く　木魚かな〉
これは、面白さのある見事な俳句である。
夏目金之助は、正岡子規に俳句を学んだ。
2か月後の10月19日には、子規は東京に向かった。
〈おたちやるか　おたちやれ　新酒きくの花〉
これは、金之助が子規に贈った、送別の句である。
松山の生活は夏目金之助にとって、心身の健康を回復させる重要な1年間であった。

2節　中根鏡子との結婚式

明治28（1895）年12月も押し迫った頃、松山の夏目金之助のところへ、東京から一通の手紙が届いた。

兄の夏目和三郎からの手紙で、その中に1枚の写真があった。かわいらしい娘の写真である。

「貴族院の書記官長をしている中根重一さんの娘です。名前は鏡子、年齢は19歳だそうです。暮れの休みに東京へ来て、見合いをしたらと思って知らせたのです」

12月28日、東京虎ノ門にある貴族院書記官長の官舎の2階で、お見合いが行われた。

帰り道、父親、夏目直克と兄の和三郎から、気に入ったかと尋ねられた。

「歯並びの悪い女だな」

「じゃ、断るかね?」

「歯並びの悪いのに、あの娘は、それを隠さないで、平気でいる。そこが気にいったよ」

明治29(1896)年6月9日、熊本の夏目金之助の借家で、中根鏡子との結婚式である。ふちの欠けた盃で三三九度、費用は僅か7円50銭ですませた。

新婚早々、夏目金之助が宣告した。

「俺は学者だ。おまえにばかり構ってやれない」

するとの鏡子もしっかり応えた。

「それは分かっています。学者が勉強することぐらい。私はこの結婚がうまくいかなければ、頭を剃って尼さんになる覚悟で来たのですから」

しかし、東京の貴族院書記官長の娘で派手に暮らしていた鏡子である。町で食材の買い物もうまくできない。

おまけに、朝寝坊の癖がなおらない。朝ご飯が間に合わず、主人の金之助を食事抜きで学校に出すこともあった。

結婚のお祝いの手紙がきた。米山天然居士ら4名の連名だった。

堂々たる手紙で、祝辞が述べられ、品、別紙目録どおりとあった。その目録が、鯛、昆布から始まって、めでたい品の限りを尽くしていた。

「お友達とは、えらく有難いものだ」と思って読んでいくと、一番終わりに、小さい文字で書いていた。

「お祝いの品々は遠路のところ後より送り申さず候」

これを読んで「新婚早々、一本かつがれてしまった」と、金之助、鏡子二人で大笑いした。

3節　熊本第五高校の教師となった

明治30（1897）年の正月である。知人や学生たちが沢山やって来た。

妻の鏡子は、てんてこ舞いだった。

せっかく作った〈きんとん〉、いくら作っても間に合わない。

「おい！　早く作って持って来い！」

座敷の方から、主人の金之助が怒鳴った。

台所の隅で、お嬢さん育ちの鏡子は泣き出した。

鏡子は金之助にからかわれた。

「お前はオタンチンノパレオラガスだよ」

鏡子は、学生たちに質問した。

「オタンチンノは分かるけど、パレオラガス、この英語の意味は何なの？」

誰も笑うばかりで、教えてくれなかった。

学者夏目金之助とお嬢さん育ちの鏡子は、生活の仕方も趣味も違っていた。

結婚して、1年たてば、お互いの気持ちも分かってくる。

金之助は鏡子を愛していた。ふざけて鏡子の着物を着て踊ってみせたり、俳句をすすめたりしている。

明治30（1897）年6月、学期末試験で金之助は教室にいた。その場へ、事務員から一通の電報が届けられた。

「チチ　二九ヒ　シス　アニ」

金之助の顔からサッと血の気が引いた。がくんと深い穴に落ち込んだような気がした。

「とうとうお父さんも亡くなったのか。84年の生涯だった」

父、夏目直克が亡くなった。享年84歳であった。

明治30（1897）年7月に金之助と鏡子夫人は揃って上京した。二人は、父と母の墓の前で祈った。

東京に着いて間もなく、鏡子が苦しみ始めた。病院に連れて行くと流産だった。

身重になっていたのを知らず、長い汽車の旅が原因だった。

鏡子は、実家中根家の鎌倉にある別荘で養生することになった。

4節　旅に出る

明治30（1897）年9月に、熊本第五高校の新学期が始まった。医者に「もう少し養生した方が良い」と言われた鏡子を東京に残して、金之助は一人で熊本に向かった。

明治31（1898）年の正月、夏目金之助は山川信次郎と二人で小天《おあま》温泉に出かけた。前年の正月の多数の客の接待が出来ず、こりたからである。

6月、旧友の天然居士、米山保三郎がチフスで亡くなった。「こせこせした事を考えるな、この宇宙は限りなく広いのだ」と教えてくれた天然居士が亡くなったのである。

大学時代に二人で写した写真がある。

〈空間を研究せる天然居士の肖像に題す　空に消ゆる鐸のひびきや春の塔〉

これが写真に添えられた言葉である。

明治31（1898）年3月、熊本市内の白川の川べりの家に引っ越した。熊本に帰ってきた鏡子は身重になって、つわりで激しい発作をおこした。ある夜、鏡子は発作をおこして家を飛び出し川へ身を投げた。

助けられ、家に連れ戻された。

〈病妻の　閨に灯ともし　くるる秋〉

妻の寝顔を愛情込めて見ていた、夏目金之助の俳句である。

明治32（1899）年元旦に、同僚の奥太一郎とともに旅立ち、宇佐、耶馬渓に遊び、日田から吉井、追分と歩いて帰った。

4月、『英国の文人と新聞雑誌』を「ホトトギス」に発表した。

当時、夏目金之助が英国の新聞、雑誌や単行本に目を通して、英文学の勉強をしていた事が分かる。

5月31日、長女が生まれた。

金之助は字が上手になるようにと願って、筆子と名付けた。

最初の子であり金之助は、自分でよく抱いて可愛がっていた。この赤ん坊を膝の上に乗せて呟いていた。

「もう17年たつと、筆子が18になって、俺が50になるんだ」

この時、つぶやいた金之助の独り言が、妻、鏡子の記憶に残っている。

哀しい偶然の一致である。本当に夏目金之助は50歳で亡くなった。

5章　イギリス留学を命じられた

1節　貧乏留学生、大学に行けない

シベリア鉄道は、1860年ころから計画が始まり、東の終着駅はウラジオストックである。日露関係の緊張の高まりのため1904年に完成している。

世界情勢の中心は、世界一の大陸軍国のロシア帝国と、世界一の大海軍国のイギリスの対立であった。

日本政府の当事者の間で、議論されていた。ロシアとの協調で進むのか、それともイギリスを後ろ盾として進むのかで対立し、迷っていた。

明治33（1900）年5月、夏目金之助は文部省から「英語研究ノ為、満二年間英国へ留学ヲ命ズ」という辞令を受けた。

7月に上京し、9月8日、ドイツ、ロイド社の汽船プロイセン号で、ヨーロッパに向かい、史上最も華麗といわれたパリ万国博覧会を見物した。

金之助は、10月28日、ドーバー海峡をこえてロンドンに到着した。

「せっかくロンドンまで来たのだから、二～三日、街でも見物することにしよう」と、考えたが、金之助はロンドンの街の事は全く不案内であった。

「余はやむをえないから四つ角へ出るたびに地図を開いて通行人に押し返されながら足の向く方向を定める。地図で知れぬときは人に聞く。人に聞いて知れぬ時は、巡査を探す」

金之助は、先ず学問の都ケンブリッジへ出かけた。ロンドンから北20キロである。ここはオックスフォードと並んで一流の大学である。大学生たちは運動シャツを着たまま、街の中をぞろぞろ歩いている。ボートを漕いだり、自転車に乗ったり、高らかに青春を楽しんでいた。

大学へ行って調べてみると、一か月4～500ポンドの学費が必要だという事がわかった。

「文部省から受け取る留学費では、大学へは行けない」

こう思った金之助は、日本人がよく下宿するところを探した。

それは、ロンドンの北の高台にある赤レンガの2階だての家だった。

下宿の部屋代は一週間2ポンド、日本円に換算して一か月180円になる。夏目金之助が文部省から受ける学費は、年に僅か1800円であった。イギリスの大学の学費は、年に数万円が必要である。

やむなく金之助は、安下宿・個人教授などで経費節減に努めることにした。

11月7日、ケア教授の講義を受けたが、2か月で止めた。

12月26日付の、妻、鏡子へ宛てた手紙がある。

「当地にては金のないのと、病気になるのが一番心細く候。なるべく衣食を節して書物だけでも買えるだけ買わんと存じ候。其許も20円位にては定めし困難と存じ候へども此方の事も御考御辛抱なさるべく候」

このように考え決断したところが、夏目金之助の賢いところである。

日本にいた頃から、漱石の趣味は良い本が安く買える古書店巡りだった。

ビスケットだけで食事をするなどして経費節減に努めた。浮いた僅かな金を握って、金之助はロンドン市内の古本を並べている書店を訪問し始めた。

案内役は、ロンドン市内の案内地図だった。

歩きながら古書店を見つけ、シェークスピアなどの戯曲や有名作家の小説などを安い値段で買うことが出来た。

2節　妻と娘に手紙を書く

明治34（1901）年1月から、夏目金之助は、シェークスピア学者として名の高いクレイグ教授に個人授業を受けることにした。

クレイグ教授は、眼鏡をかけた40歳くらいの女中と二人で、ロンドンの下町のビルディング4階に住んでいた。

金之助は毎週一回、その4階まで、歩いて上がって授業を受けた。

授業料は一回7シリングで、月末に支払うことにした。

当時の状況は、『永日小品』（1909年）の中に、「クレイグ先生」として詳しく書かれている。

クレイグ教授は、窓から見える人々を指さしながら話していた。

「きみ、あんなに人間が通るが、あの中で、詩の分かるのは100人に一人もいない。可哀想なものだ。いったいイギリス人は、詩を解することの出来ない国民でね、そこへいくとアイルランド人は偉いものだ。はるかに高尚だ。……

本当に詩を味わうことの出来る君や僕は幸福だよ」

　夏目金之助は、クレイグ教授から毎週一回授業を受けることにし、11月まで続けている。

　東京の留守宅で、二女恒子が生まれたことを知らされた。

　誰とも付き合えず一人きりであった金之助には、故郷の妻や子のことを知らされる事だけがただ一つのなぐさめだった。

　下宿のおかみさんと話しても、まだ地下鉄に乗ったこともないし、家の周りの事しか知らない。金之助にも、いろんな事が分かってきた。

「俺の方がロンドンの事を知っている。イギリス人だから偉いと思うことはない。しかし国家としてみれば、政治や商業・貿易はめざましい。日本は遅れている。文学も遅れている。シェークスピアの文学は素晴らしい」

　夏目金之助は留学費、一か月150円である。生活費を切り詰めて、古書店を巡った。役に立つ、面白そうな本を、古本で買い漁った。

　金之助は、妻の鏡子に苦情の手紙を出している。

「ちっとも手紙を寄こさない。どうしたのか。いくら忙しくても手紙の一本ぐらい書けるはずだ」

鏡子は「筆の日記」を思い付いた。長女筆子が、一日起きてから寝るまでの行動を書いてロンドンの漱石に届けた。

金之助は大変喜んで「筆の日記」が非常に面白かったと、送るたびに礼の手紙を鏡子に送っている。この「筆の日記」は1年以上続いている。

3節　池田菊苗と議論する

留学1年後、明治34（1901）年の5月5日、ベルリンから化学者の池田菊苗が来て夏目金之助の宿に、2か月間同居した。

金之助の『日記』に、次のように記されている。

五月六日「夜十二時過迄池田氏ト話ス」

五月九日「夜池田氏ト英文学ノ話ヲナス同氏ハ頗ル多読ノ人ナリ」

五月十四日「池田氏ト話ス」

五月十五日「池田氏ト世界観ノ話、禅学ノ話抔ス氏ヨリ哲学上ノ話ヲ聞ク」

五月十六日「夜池田氏ト教育上ノ談話ヲナス又支那文学ニ就テ話ス」

五月二十一日「昨夜シキリニ髭ヲ撫ツテ談論セシ為右ノヒゲノ根本イタク出来物デモ出来タ様ナリ」

このような状態が、6月26日まで続いたと思われる。

池田菊苗（1864〜1936）は、東大教授、理学博士。後に「味の素」を創製して、理化学研究所設立に貢献した人物である。

毎日、二人は金之助の下宿でいっしょに食事をしたり、散歩したり、夜おそくまで部屋の中で議論して時間を過ごした。

池田菊苗は、東京大学で夏目金之助より4年ほど先輩で、専攻は化学だった。

池田は自然科学者であったが、東西の文学にも、哲学にも、なかなか詳しく、堂々たる論客で、金之助もしばしばやり込められるほどだった。

英文学の話、世界観の話、禅の話、漢文学の話など、遂には「美人とはどういうものか？」にまで話がおよんだ。

「お前は文学の本しか読まないのか？　俺は科学者だが、天文学も、動物学も、文学も、哲学も読むぞ。君のように文学だけだと、それは専門バカだぞ！」

池田に痛烈に批判され、金之助は思い知らされた。

「これまでの幽霊みたいにふわふわした文学だけを考えていた事は、止めねばならない。もっと広くいろんな分野から、幅広く文学を捉えることにしよう。文学を、文学だけから考えるのは、自分という人間を自分からだけ考えるようなものだ。他の人物と比較しなければ、私という人間の本当の姿はわからない。それと同じことなのだ」

こうして、もっと幅広い角度から〈文学とは何か〉を考え始めた。

夏目金之助は留学費の不足、不自由、孤独感などに悩まされ、神経衰弱におちいっていたが、池田との議論で、それまでの考えの狭さを打ち破り始めた。池田の批判が転機となった。ロンドン市内の古書店を巡ったが、購入する本が変わった。それまでの文学、演劇、小説ばかりでなく、ダーウィンの進化論、コペルニクスの天文学やニュートンの物理学、デカルトやカントの哲学書も買い始めた。そして、熱心に読んでいった。

7月20日に下宿を変えたが、猛烈な勉強が始まった。

こうして、夏目金之助の頭の中、胸の中、心の中に「文学とは何か?」という姿が、少しずつ見え始めたのである。

9月12日の、寺田寅彦あての手紙がある。

「ついこの間、池田菊苗氏が帰国した。同氏とは暫く倫敦で同居しておった。同氏は大なる頭の学者である。君の事をよく話して置いたから暇があったら是非訪問して話をし給え」

明治34（1901）年の暮れ、正岡子規からカタカナの手紙がきた。

「ボクハ生キテイルノガ苦シイノダ。カキタイコトハ多イガ苦シイカラ許シテクレ」

この手紙は、子規の遺書となった。

月僅か20円ほどで留守を守る妻、鏡子からは、ほとんど手紙も来ない。ロンドンの街は煤煙と埃で、霧のある日は太陽も赤黒く、漱石はイライラするばかりだった。

明治34（1901）年3月15日、義父、中根重一あてに手紙を送った。

「日本は30年前に目覚めたりという。しかれども半鐘の声で急に跳び起きたるなり。その目覚めたるは本当の目覚めたるに非ず。狼狽しつつあるなり、ただ、西洋から吸収するの暇なきなり、文学も政治も商業もみなしからん。日本は真に目覚めねばだめだ。日英同盟以後、あたかも貧人が富家と縁組を取結びたる嬉しさの余り鐘太鼓を叩きて村中かけ廻るやうなものにも候はん」

この手紙は、日英同盟に対する金之助の率直な感想であった。

4節　「文学論」研究に熱中する

明治35（1902）年、前年に引き続き「文学論」の完成に専念した。

いろんな哲学書や科学書を読み始めると、イギリス人の書いた詩や小説への興味が大きく変わってきた。

「いくらイギリス人が良いと言っても、私が悪いと思えばそうなのだ。良い、悪いの判断をするのは、日本人の私なのだ。哲学や科学の見方から、自分が良い・悪いの判断をするのだ」

夏目金之助の中に、文学を大所・高所から見て評価することが大切なのだという基本の考え方が、確立されはじめた。

金之助が義父・中根重一へ出した手紙に、次のように記されている。

《世界を如何に観るべきやといふ論より始め、それより人生を如何に解釈すべきやの問題に移り、それより人生の意義目的及びその活力の変化を論じ、次に開化の如何なるものなるやを論じ、開化を構造する諸原素を解剖しその連合して発展する方向よりして文芸の開化に及ぼす影響及びその何物かを論ずるつもりに候、かような大きな自己哲学にも歴史にも政治にも心理にも生物学にも進化論にも関係致候、金を十万円拾って図書館を建てその中で著書をする夢を見るなど愚にもつかぬ事に御座候。

3月15日　金之助拝》

中根父上様

金之助が取り組んでいたのは、文学とは何かという根本問題であった。世界をいかに見るか、人生をいかに解釈するか、人生の意義と目的、その活力の変化、開化はいかなるものか、開化を構成する諸要素の解剖、それらが連合し発展する方向から、論ずるものであった。

哲学、史学、政治学、心理学、生物学、進化論にまたがる広いものであった。

金之助は、日夜、読書に没頭した。

5~6月の「ホトトギス」に『倫敦消息』を載せた。

夏目金之助は当時の心境を、次のように述べている。

「余は心理的に文学は如何なる必要あって、此世に生れ、発達し、頽廃するかを極めんと誓へり。余は社会的に文学は如何なる必要あって、存在し、隆興し、衰微するかを究めんと誓へり」

金之助は大量の文学書をむさぼり読み、傍注をつけた。必要な箇所は〝蠅の頭ほどの細字〟でノートしている。そのノートは、「五〜六寸」（15〜18センチ）の高さになった。

9月、神経衰弱が強度となり、他の留学生を通じて〈発狂〉の噂が日本に伝えられた。

彼の勉強ぶりは「夏目金之助、狂えり」の噂が立つほどの打ち込みようだった。

当時、ロンドンに留学していた土井晩翠は夏目金之助の病状を克明に書き記し、「日本に呼び返す方が良い」と文部省に報告している。

気分転換のため、夏目金之助は自転車の稽古をし、10月には、スコットランドを旅行している。

留学生夏目金之助は、留学報告書を求められたが、報告書は書いていない。

留学期限の切れる1か月前、誰かが「夏目は気が狂った」と知らせた。

文部省からベルリン留学の藤代素人へ、「夏目ヲ保護シテ帰朝セラルベシ」の電報が打たれた。

藤代がいそいでロンドンの夏目金之助の下宿へ駆けつけた。２日間、下宿にいて様子を見たが、夏目金之助は言葉も正常だし、気狂いらしいところは全くなかった。

金之助には、買い集めた書籍が山のようにあった。その整理のため、藤代より2船遅れて明治35（１９０２）年12月５日に、ロンドンを出発した。

正岡子規から、手紙が来ていた。

「僕はもーだめになってしまった。毎日訳もなく号泣しているような次第だ。それだから新聞雑誌へも少しも書かぬ。……僕はとても君に再会することは出来ぬと思う」

高浜虚子から、無二の親友、正岡子規の死を知らせる手紙が届いた。

「正岡！　許してくれ！」

はるか水平線のかなたに向かって、夏目金之助は叫ぶしかなかった。

6章　帰国して大学教師となる

1節　前任者は小泉八雲だった

夏目金之助は、明治35（１９０２）年12月5日、日本郵船会社の博多丸に乗船してロンドンを出発し、明治36（１９０３）年1月26日、神戸に帰着した。

鏡子の留守宅に向かった。義父中根重一は貴族院書記官長の職を失って、無職となっていた。

鏡子は毎月22円という僅かな生活費で押し通していた。畳も破れ、着ているものも破れ着だった。

二人の娘は、帰国した父親の金之助をこわがって寄り付かない。鏡子はすっかり世帯やつれしていた。

〈秋風の　ひとりを吹くや　海の上〉

金之助は、柱にかかっていた短冊をビリビリに破ってしまった。

一時期には妻子とも別居状態となって、家庭も崩壊に瀕していた。中根の母が間に入って、ようやく妻子が金之助の許へ戻ってきた。

3月に本郷駒込千駄木町の方へ貸家を見つけて引っ越した。

4月、夏目金之助は東京帝国大学英文科講師とともに、第一高等学校の講師となった。

東大の方は、小泉八雲（ラフカディオ・ハーン）の後任であった。

大学が6時間、一高の方が24時間の授業で、月給は両方合わせて120円であった。

洋行帰りの紳士、夏目金之助はおしゃれであった。髭の両端をピンと跳ね上げ、紺地の背広を上手に着こなしていた。

明治37（1904）年になると、金之助の神経衰弱もだいぶ良くなってきた。

2月10日、日露戦争が始まった。

日清戦争後三国干渉で遼東半島を清国に返還した。それをロシアが奪った。以後〈臥薪嘗胆〉で歯を食いしばっていた国民の怒りが爆発し、日本軍は陸に海に、連戦連勝を続けた。

「世界の大国を相手に、小国日本が特色を発揮してくれたのは偉い」と言って、夏目金之助は手を叩いて喜んだ。

5月には、「帝国文学」に『従軍行』を書いている。

2節　大学生に『文学論』を教える

帰国後、東京帝国大学講師となった夏目金之助の『文学論』講義に〈文学とはF+fである〉という定義が出てくる。

夏目金之助は、この定義のFとfについて、それぞれ説明している。「Fとはfact（客観的要素、事実）のことであり、fとはfiction（情緒的要素、作為的話）のことである。F（事実）だけいくら並べても、読者には無味乾燥で読んでもらえない。大事なところを強調し、しっかり読み取ってもらえるように書かなければならない」と説明している。

文学というのは、事実が土台だが、写真のように事実そのままを忠実に写すだけのものではない。自由なフィクション（作り話）で、意外な局面の転換を作り出す。サスペンスもあればユーモアもあるのが文学である。人間的な苦しみ、悩み、悲しみ、そして喜びもある、それが文学なのである。

金之助はジョナサン・スウィフト（1667〜1745）の『ガリバー旅行記』をほめちぎっている。ガリバーの訪れた巨人国・小人国などの奇想天外な物語から重要なヒントを得ている。

スウィフトの独創性は、風刺的な想像力と表現力にある。彼の筆致は諧謔から冷酷まで様々に変化するが、その風刺の文章は集約する迫力と衝撃の直接性によって特徴づけられている。

スウィフトの実務的な記録風の文体や真面目な実話ぶりが、かえって一種の皮肉な味をかもし出している。

『人間の絆』、『月と六ペンス』などで有名なイギリスの作家サマセット・モーム（1874〜1965）の『サミング・アップ』に、次のように書かれている。

〝Fact and fiction are intermingled in my work.〟〈事実と虚構が私の作品には入り混じっている〉

夏目金之助がロンドン留学中に到達した文学についての結論は、英文学の世界では常識的な文章論であった。

3節　夏目金之助の『文学論』

ラフカディオ・ハーンは、本郷の大学へは人力車で通っていた。

明治36（1903）年早々、突然解任の通知を受けた。

契約期限は3月までだが、目下の事情では契約の更新は不可能という簡単な文面で、くわしい理由は何も書いてなかった。

ハーンは「私の首を誰が切るのですか？」と叫んで、通知状を机の上に投げつけた。

「日本政府も大学当局も礼儀を知らない。欧米に日本を紹介し、外国の日本認識の向上に努力してきた人間を通知状一つでクビにしようとしている」

説明も何もない。単なる通知書であった。

事実は、哲学者の井上哲次郎学長の下で、帰国する英文学者夏目金之助を将来主任教授に据えることにして、取り敢えず若干の時間の講義を担当して貰うことになっていた。すべての講義を受け持っていたハーンの授業時間は勢い食い込まれて削られたのである。

ハーンは2年前に昇給して月俸450円、日本人講師の1年分の手当に匹敵していた。

翌明治37（1904）年4月に『怪談』が、出版された。「耳なし芳一の話」など17編が盛り込まれていた。

明治36（1903）年9月、金之助は『文学論』の講義を始めた。一週3時間、2学年継続の講義であった。

学生たちには前任者の小泉八雲の講義の方が面白くて、人気があった。

夏目金之助は『文学論』の講義準備にひどく勉強したため、またまた神経衰弱になってしまった。

洋行によって出世したと思われた金之助は、昔の塩原養父母、さらに妻鏡子の父中根重一からも金を求められた。

金之助の神経衰弱は、ますますひどくなった。

家の中は、幼い子どもたちが泣き叫んでいた。

鏡子は妊娠して、つわりとなってヒステリーを起こした。

10月、三女栄子が生まれた。

4節　家に猫が転がり込んで来た

明治37（1904）年6月、夏の初め頃には、金之助は英語の本を読んだり、講義のノートも進むようになった。

神経衰弱がやや収まり、重苦しい靄が晴れてきた。

ある朝、いつものように泥足で子猫が入ってきた。

金之助が「この猫は、どうしたんだ？」と、妻の鏡子に尋ねた。

鏡子が顔をしかめて説明した。

「何だか知らないが、この子猫には困っているのです。誰かに頼んで捨てて貰おうかと思っているの」

すると金之助は「捨てずに置いてやれ」と、飼う事を認めた。

ともかくも御主人のお声がかりで、捨てることは見合わせた。

夏目金之助が腹ばいになって新聞を読んでいると、その背中に猫がすまして乗っている。

ある日、家に来る按摩のお婆さんが、膝に寄ってきた猫を抱き上げて調べていたが、突然、声をあげた。

「奥様、この猫は全身足の爪まで黒うございます。これは珍しい福猫で、飼っておかれると、きっとお家が繁盛致します」

お婆さんにこう言われると、捨てようと思っていたいたずら猫が、福猫となって扱いが一変した。

鏡子夫人が、自分から進んで御飯の上におかかを掛けてやるなど待遇が違ってきた。

猫の方も娘の寝床に入り大騒ぎとなるなど、テンヤワンヤである。次女の恒子などは「猫が入った。猫が入った」と、キイキイ声をたてる。

すると、父親の金之助が物差しを持って猫を追いかけ、活劇が演じられる。

この黒猫が主人公となって、雑誌「ホトトギス」の舞台に登場することとなったのである。

7章　「ホトトギス」に『猫伝』

1節　『吾輩は猫である』が好評だった

明治37（1904）年4月、夏目金之助は家計の不足を補うため、明治大学講師（月給30円）を兼任することにした。

その頃、高浜虚子を中心とする「ホトトギス」の仲間では、俳句のほかに写生文も書いていた。

写生文とは〈作らず・飾らず・目に見たこと・感じたこと〉を画家がスケッチするように、事実をありのままを書いた文章のことである。

夏目金之助は高浜虚子が編集する雑誌「ホトトギス」に、既に幾つもの評論などを寄稿していた。

「ホトトギス」仲間は、故、正岡子規の「文章には山がなくてはだめだ」を受け継いで〈山会〉と名付けて研究していた。

12月の〈山会〉の日に、虚子が千駄木町の夏目金之助の家に立ち寄って、「俳句や評論ばかりでなく、文章を作ってはどうですか」と声をかけた。

するど驚いたことに、金之助はその場ですぐに数十枚の原稿用紙を出してきたではないか。

タイトルは『猫伝』であった。その原稿用紙を高浜虚子に手渡した。

〈山会〉で『猫伝』の朗読が始まった。

その場にいた皆さん、聞きながらしばしば吹き出して笑った。

この朗読会での評価は、全員一致、「とにかく変わっている」だった。

「タイトルの『猫伝』よりは、書き出しの『吾輩は猫である』が良い」という虚子の意見に従って、タイトルを『吾輩は猫である』とした。

こうして『吾輩は猫である』という斬新なタイトルの作品が世に出ることになった。

夏目金之助は猫の口を借りて、人間社会を痛烈に風刺した作品を書いた。

そのユーモラスな文は、夏目金之助の長年にわたる社会への批判を吐露したものであった。

虚子は、この原稿を読み切りのつもりで「ホトトギス」の明治38年1月号に載せたが、評判が良かったので連載にした。連載は明治39年8月まで10回にわたった。

夏目金之助は『猫』の世評の高さに救われた。

「書きたいから書いた。作りたいから作った」と言っている。

ロンドン留学以来、彼の神経を締め付けてきた、外界や他人が、にわかに遠のいて、彼の精神を自由に運動させる小天地が開けてきたのを感じた。あとは一気呵成に書き進められた。

夏目金之助は猫に変身した自分の眼に映じるものを、その文才に任せて描いていけば良かったのである。

猫を主人公にしたのは、作者と外界のあいだにユーモラスな距離を生じさせるだけでなく、作者に自己批判の視点を与えた。

神経症に苦しめられている「変物」の自分を漫画化することが出来た。

「学校を辞職したくなった。学校の講義より猫でも書いている方がよい」

これが金之助の正直な気持ちであった。

主人公の吾輩は、実際に夏目家で活躍していた本物の〈猫君〉である。毎月、一つの話を作らねばならない。10回目となると、止めようという気になった。皆は続けろと言うが、書く気にならない。

夏目金之助は「どうするか？」考えた末、連載の11回目に、猫にビールを飲ませ水死させ連載を終えた。

しかし、モデルの猫君は死んでない。元気にネズミを追いかけていた。

2節　猫が恩返しをした

明治38（1905）年10月、『吾輩は猫である・上篇』が中村不折の挿絵を入れて、大倉書店の番頭、服部国太郎がはじめた服部書店から刊行された。出版されると、よく売れた。ともかく当時、毎月千部ぐらい版印を押していた。それから、中巻、下巻と3冊になり、ずっと後に合冊・縮刷本になった。

全国の読者は、拍手喝采、ひじょうな評判になった。面白おかしくて、上品な皮肉やユーモアがある。猫の目から人間を見ている。御主人の苦沙弥先生が猫に笑われ馬鹿にされている。

11月10日、鈴木三重吉あての金之助の手紙がある。

「『猫』の初版は売れて先達て印税をもらいました。妻曰く、これで質を出して、医者の薬に礼をして、赤ん坊の生まれる用意をすると。あとへいくら残るかと聞いたら一文も残らんそうです」

その頃の印税は1割5分で、印税を持ってくると鏡子が黙って取ったが、夏目金之助は、金には執着の少なかった人だった。

「お前、あの印税、どうするつもりだ。困った事もあるだろうから、ちょっとは貯金でもしておくといいね」と言っていた。

按摩のお婆さんが言った〈福猫〉のせいか、それからというものは、以前のような家計の不如意はなくなった。

『猫伝』の読み合わせをしていた文章会は、その年のうちに立ち消えになった。その主な原因は、鏡子夫人が身重になったからと思われる。

12月が臨月で、14日の夜の3時頃に、しきりに陣痛が起こって、痛みはじめた。4時になった。どうにも我慢が出来ない。

主人の金之助に起きて貰い、女中をお医者さんに走らせ、かかりつけの牛込の産婆に電話を掛けさせた。

5時になるとどうやら産まれそうになった。

「ともかくも脱脂綿で赤ん坊の顔を押さえて下さい」と言われた。夏目金之助が「よしきた」と、1ポンドの脱脂綿で押さえるが、赤ん坊は海鼠のようで、ぷりぷり動くのでうまく出来ない。

そこへ牛込の産婆が飛び込んできて、産婦は風邪をひかないように着替えさせたり、産湯を沸かすなど、大騒ぎであった。

この時は、父親の金之助も度肝を抜かれてしまった。

これが、12月に四女愛子が生まれた時の状況である。

3節 『坊っちゃん』の魅力

『坊っちゃん』は、明治39（1906）年3月中旬から下旬にかけて、ほとんど一週間のあいだに書き上げた。

『吾輩は猫である』が苦沙弥先生の客間での会話を中心に展開される静的な「紳士」的、クラブ的文学であるのに対して、これは〈坊っちゃん〉という痛快な妖精が疾風のように四国の田舎中学を席巻して消えていく動的な冒険小説である。

この小説の魅力は、第一に歯切れのよい江戸っ子的文章にあり、第二に明快な勧善懲悪の行動にある。

夏目金之助は、〈坊っちゃん〉という無鉄砲な正義漢を小説の主人公に仕立て上げてみせた。

愛媛県松山市の中学校の先生になった〈坊っちゃん〉は、正直と正義を振りかざして、卑劣で不正直で偽善家の校長の狸、教頭の赤シャツ、その他の人物をやっつけている。

とうとう〈坊っちゃん〉が策謀家の赤シャツを打ちこらすという痛快な、思わず胸がすっとしていい気持ちになる小説である。

自分の松山時代の思い出から、ある事、ない事をまとめあげた。F（事実）から、f（想像）を思い切り発展させた作品であった。

「ホトトギス」に連載された『坊っちゃん』は、2回目頃から次第に世間の口にのぼりはじめ、3回、4回に至って、ようやく江湖の喝采を博するに至った。

「ホトトギス」の高浜虚子宛の受領証が一通、夏目家に残っていた。

夏目伸六著『父　夏目漱石』（角川文庫、昭和36年）に記されている。

《啓

一金　参拾八円五拾銭也

一金　壱百四拾八円也

計壱百八拾六円五拾銭也

吾輩は猫である及び坊っちゃんの原稿料としてまさに領掌仕候也》

この受領証を見ると、『吾輩は猫である』参拾八円五拾銭也が、『坊っちゃん』壱百四拾八円也の原稿料へと、約3倍に高騰していることが分かる。

4節　「作家になりたい！」

夏目金之助は、『吾輩は猫である』『坊っちゃん』で覚悟が決まった。学生に『文学論』を講義しても、楽しくない。理屈を述べても、学生は理解できない。居眠りする学生もいる。

明治39（1906）年9月、雑誌「新小説」に『草枕』を発表した。

「山路をのぼりながら、こう考えた。智に働けば角が立つ。情にさおさせば流される。意地を通せばきゅうくつだ。とかくに人の世は住みにくい。住みにくさがこうじると、安い所へひっこしたくなる。どこへこしても住みにくいとさとったとき、詩が生まれて、画ができる」

名文である。

夏目金之助自身も「天地開闢以来、類のないもの」と、得意だった。

明治40（1907）年2月下旬、朝日新聞社から夏目金之助に迎えの使いを寄こした。

熊本、五高の時の教え子で、当時東大の学生だった坂元雪鳥が、朝日新聞主筆の池辺三山の内命を受けて夏目金之助を訪ねてきた。

その日、夏目金之助は大学で講義した『文学論』を出版するための校正をしていた。

挨拶をしたあと、坂元雪鳥が尋ねた。

「先生、学校の方はいつでも辞められますか？　イギリス留学の義務年限はどうなっていますか？」

「留学が2か年だったから、その倍の4か年だ。この3月で終わるね」

金之助の返事に、坂元がさらに切り込んできた。

「先生、大学を辞めて、小説家一本でおやりになるつもりはありませんか？」

金之助は、まだ迷っていた。

「そうだね。その方がいいね。だけど作家の人気は続くとは限らないね。原稿が書けなくなれば、日干しだね。教師は続けられるから安心だね」

「朝日新聞社にお入りになる気はありませんか？」

「条件によるね」

「実は、主筆の池辺三山に依頼されて、お考えを伺いに来たのです。先生、朝日に入社して下さい。何千人の学生に教えるより、何百万という新聞読者相手の小説の仕事をして下さい」

3月の半ば頃、池辺三山が西片町の夏目金之助の家へ出向いてきた。

金之助は、池辺三山の人柄に感動し、決意を固めた。

「大学を辞して朝日新聞社に這入つたら逢ふ人が皆驚いた顔をして居る。……新聞屋が商売ならば、大学屋も商売である。……新聞社の方では教師としてかせぐ事を禁じられて居た。其代り米塩の資に窮せぬ位の給料をくれる。食つてさへ行かれゝば何を苦しんでザットのイットのを振り廻す必要があらう。やめるなと云つてもやめて仕舞ふ。休めた翌日から急に背中が軽くなつて、肺臓に未曽有の多量な空気が這入つて来た。……人生意気に感ずる。変わり者の余を変わり者に適するような境遇に置いてくれる朝日新聞のために、変わり者として出来得る限りを尽くすのは余の嬉しき義務である」

これが、5月3日の夏目金之助『入社の辞』である。

8章　朝日新聞社に入社した

1節　『虞美人草』の予告で大騒ぎ

「ホトトギス」連載で、『吾輩は猫である』『坊っちゃん』を書いた夏目金之助に、幾つかの新聞社から入社の誘いがあった。

明治40（1907）年3月、東京朝日新聞社の主筆池辺三山が来訪して説得したのを機会に、夏目金之助は朝日入社を決意した。

「他社の新聞雑誌には小説を執筆しない」という約束で、金之助は入社した。大学の先生を辞めた夏目金之助は、幼い時からの夢であった作家生活にはいった。こうして、夏目漱石の作家一本鎗の生活が始まった。この時、漱石は41歳であった。

月給200円で朝日新聞社の社員となった夏目漱石は、『虞美人草』から連載小説を書き始めた。漱石は、この小説を書くために『文選《もんぜん》』を読み直して、文章に心を砕いた。

『虞美人草』連載の予告が、朝日新聞に出た。世間は大騒ぎとなった。

三越百貨店がそれにちなんで〈虞美人草浴衣〉の大売り出しを行った。

『虞美人草』は、6月23日から10月29日まで、朝日新聞に連載された。

「漱石の虞美人草！　虞美人草！」と言いながら、売り子が新聞を売り歩いた。

6月には長男純一が生まれ、夏目家は幸福に包まれていた。

門下の小宮豊隆や鈴木三重吉などが、初めての男の子を祝って、大きな鯛を持ってきた。

漱石は喜んで「鯛一と名付けようか」と言ったりした。

作品『虞美人草』は、心のいやしい者への戦いが土台であるが、美しいものへの憧れも合わさって描かれている。

『虞美人草』以後、漱石はほぼ一年一作のペースで力作を書き続けたが、順調では無かった。

2節　神経衰弱の漱石

明治40（1907）年6月、長男純一が生まれた。

明治41（1908）年12月、次男伸六が生まれた。

長男の夏目純一が父、漱石の事を語っている。

「普段の父はとても温和でよい人であった。すぐ上の姉は、父と散歩の帰りは必ずおんぶして貰って家まで帰っていた。また晩年の母も、時々トンチンカンなことを言って皆に笑われると、〈お前たちは私を笑うけど、お父様はそんな時、決して笑ったりしない。いつも親切に教えてくれたよ〉と言っていた。この親切な父が、突然機嫌が悪くなりヒステリーのようになって、近寄る事が出来なくなる。要するに、良い時と、悪い時との差があまりにもひどいのである」

父親漱石の様子が、このように語られている。

長男、夏目純一の思い出に、漱石の津田青楓への晩年の手紙が引用されている。

「世の中の人間がだんだんいやに見えて来ます。くだらないこと、不愉快なことが五日も六日も押して行きます。ちょうど梅雨がいつまでも晴れないように。

自分でも厭な性分だと思います。世の中に好きな人はだんだん少なくなって行きます。そうして天と草と木が美しく見えます。この頃の春は甚だ良いのです。私はただそれを頼りに生きています」

哀れな父、それにしても、これは何と暗い自然、憂鬱な春だろう。自分の孤独を救ってくれるのはこのような春だと、父は思っていたのだろうか。

父の悲劇はそこにあったのであり、そして子としての私（夏目純一）の同情もそこにあるのである。

次男、夏目伸六の『父、夏目漱石』には、次のような文章がある。

「父と二人で相撲をとりながら、一生懸命に、一遍でも良いから父を負かそうと真赤になって痩せた腹にしがみついていた時でさえ、私の心の底には、いつ怒られるか解らないという不安が絶えずこぶりついて離れなかった。当時の私にとっては、いつ怒鳴られるか……たしかにそれが父に対する最大の恐怖だった。父の死後、私は段々と父の病気に就いて色々な話を聞く様になった」

姉たちは、次のように言っていた。

「でも伸六ちゃんの事、割合に可愛がっていたんじゃない？　だってね、あんたが泣くと御父様きまって書斎から出て来たわね」

「泣くんじゃない、泣くんじゃない、御父様がついているから安心おし」

など、私を必ずなだめてくれたという話である。

3節 〈木曜会〉のはじまり

漱石が『虞美人草』を書き始めた頃、時の総理大臣西園寺公望が、小説家たちを自分の邸へ招いて話し合う「雨声会」が開かれた。

総理大臣が小説家を呼んで御馳走するという事は、初めての事で、新聞にも大きく扱われた。

森鷗外、幸田露伴、国木田独歩、徳田秋声、島崎藤村、田山花袋、泉鏡花など大家中堅の作家17名が出席した。

招かれても出席しない文学者が3人あった。坪内逍遥、二葉亭四迷、そして夏目漱石である。

漱石は、〈ほととぎす　厠半ばに　出かねたり〉の俳句で断った。

総理大臣の招待を、ホトトギスに例えて、断りの理由をおどけて、面白くあらわしたのである。

『虞美人草』の発表を一週間後にひかえ、漱石は一晩でも筆を休める事が出来なかった。

『虞美人草』を書きあげた頃に開かれた第2回の「雨声会」にも、漱石は出席しなかった。

「どんな偉い人であっても、自分というものの自由を縛られたくない。総理大臣に呼ばれて名誉のように考える事がおかしい」

漱石は自分の気持ちをまげて、妥協することはしなかった。

のちの文学博士問題の時も同じである。

漱石の家には、若い文学関係の人たちが集まってきた。

明治40（1907）年9月、牛込早稲田南町に転居した。訪問客が多いので、夏目家も大変だった。

「こう訪問客が多くては、先生が困られるから、先生との面会日は、木曜日の午後2時からに決めようではないか」

弟子の鈴木三重吉が、このように意見を述べた。

こうして、毎週木曜日の晩は、小宮豊隆、寺田寅彦など、多くの弟子たちが集まる文学の研究会となった。

当時大学生だった芥川龍之介、久米正雄、松岡譲も顔を出していた。若手の彼らは「新思潮」という貧相な雑誌を作った。

この雑誌を真っ先に漱石に送ったところ、漱石から芥川の『鼻』を激賞する手紙が届けられた。毎回、雑誌「新思潮」の作品についての漱石の批評は懇切丁寧であった。

4節　新聞連載で、苦心惨憺

『虞美人草』は心のいやしい連中への戦いが土台となっている。そのほかに美しいものへの心情も入り込んでいる。その二つのものが一本に折り合わされた作品であった。

人生をまじめに考える青年甲野さん……それに味方する友人の宗近くん、糸子、小夜子。

虚栄心とお金に目がなくて、誠の心に乏しい、甲野さんの妹、藤尾とそのお母さん……それに心を惹かれる軽々しい才子英文学者小野さん、これらが入り乱れて、人間の誠を守るための戦いを描き出している。

そして、虞美人草のように艶やかな藤尾は、自分の誤った生き方のために自殺する。人間たちの喜劇が悲劇を生んだという筋である。

漱石の心の中に燃えさかった社会正義の炎は次第に下火となって、社会の批判よりも、個人的に愛と正義の批判が取り上げられている。

そしてこの後、漱石は一作ごとに、個人の内側の問題に向かって、関心を深めていくのである。

『虞美人草』は、目もあやなる美文であった。俳句をつないだような文章で、その文章をそのまま長編小説の最後まで押し通した。これほどの美文を押し通すことは、普通ではなかなか難しいことである。

そのため、漱石はひどく苦しんだ。それでこの後は、このような艶やかな文章は書かなくなった。

『虞美人草』の長閑に雅やかな京都の春の景色の名文を読んだ読者は、作者に手紙を出している。

「藤尾さんを、うまく救って下さい」

しかし漱石は自分の立てた筋を曲げることはしなかった。

『虞美人草』以後、漱石はほぼ一年一作のペースで、『三四郎』『それから』『門』『彼岸過迄』『行人』『心』『明暗』などの力作を書き続けた。

その道筋は、順調では無かった。

終章　文学に生命を捧げた漱石

1節　猫の墓標ができる

次の連載小説『三四郎』（1908年）を書き始めた頃、早稲田の家では〈猫〉がだんだん痩せてきた。

食べ物をもどし、目つきが変わってきた。

〈猫〉の姿が、いつの間にか見えなくなった。物置の上で、硬くなって死んでいた。

出入りの車屋に頼んでミカン箱に入れて、書斎の裏の桜の木の下に埋めた。

車屋から「このまま、埋めていいのですか？」と問われた。

「まさか、火葬にするわけにもいかないだろう」と漱石が答えた。

漱石は、四角な墓標を作った。

〈この下に　稲妻起こる　宵あらん〉

その墓標に、この俳句を書き込んでいる。

子どもたちも、ガラス瓶に萩の花をたくさん挿してそなえ、茶碗に水を汲んで墓の前においた。

この時、漱石は友人に自筆の《猫の死亡通知》を送っている。

その後、犬が死んだ時も、ここに葬った。

〈秋風の　きこえぬ下に　埋めてやりぬ〉

亡くなった愛犬を弔う俳句である。

文鳥も、ここに葬った。

子どもたちもマネをして、金魚が死ぬと、ここに埋めて金魚の墓を作った。

夏目家に飼われた動物たちの墓地である。

長女の筆子は、墓標に「コノ土手ノボルベカラズ」と書いた。

〈猫〉の墓に、13回忌の時に九重の石の供養塔が建てられた。

2節　満韓旅行の中で

明治42（1909）年、夏のこと、立派な馬車が漱石の家の前に停まった。

その馬車には、堂々たる紳士が乗っていた。

今をときめく満州を開く大会社、南満州鉄道会社の総裁となった中村是公であった。

「夏目、貴様は小説を書いているそうだが、俺はまだ一度も読んでいない。貴様の小説に美人は出てくるのか？」

「是公が総裁の南満州鉄道会社というのは、どんな会社なのだ？」

漱石が尋ねると、中村是公が応えた。

「何も知らないのか。どうだ、俺が連れていってやろう」

「何処へ？」

「満州へさ。海外で日本人が何をしているか。現地で見てみろ」

その後、中村の秘書がやって来た。

漱石は持病の胃腸カタルで先延ばしにしていたが、9月1日、大阪から鉄嶺丸に乗船して満州へ向かった。

是公の招待旅行で、漱石は各地を巡る事ができた。

大連、旅順、奉天、撫順、長春、ハルピンなど満州を見て、旅順の二百三高地の現場で説明も聞いている。

さらに朝鮮の平壌、京城、仁川を巡って、50日の旅であった。

10月のなかばに帰って、「満韓ところどころ」を朝日新聞に連載した。

当時、漱石は朝日新聞の文芸欄を担当し、若い作家たちを盛り立てることにも心を砕いている。

明治43（1910）年3月、五女ひな子が生まれた。

明治43（1910）年6月、内幸町の胃腸病院に入院し、8月24日には転地先の伊豆修善寺温泉で大吐血して生死の境をさまよった。

いわゆる、〈修善寺の大患〉である。

「強ひて寝返りを右に打たうとした余と、枕元の金盥に鮮血を認めた余とは、一分の隙もなく連続してゐるとのみ信じてゐた。……程経て妻から、あの三十分許は死んで入らしつたのですと聞いた折は全く驚いた」（『思ひ出す事など』）

鏡子夫人は漱石の神経衰弱のことは理解できなかったが、胃病には心を砕き看病していた。

3節　文学博士号で文部省と喧嘩

明治44（1911）年元旦、漱石は胃腸病院に入院していた。

2月21日の午後、鏡子夫人が一通の手紙を漱石の枕元に差し出した。

「貴殿に文学博士の学位を授けるから、文部省に出頭してくれ」

胃腸病院にいる漱石は、その日の夜、文部省あてに手紙を書いた。

「文学博士の称号を授けるそうですが、私は今日まで、ただ夏目なにがしとして生きてきました。従って学位授与のことは辞退します」

文部省の方は譲らなかった。

「文部省は既に発令している。学位令は勅令、天皇がじかに出す命令なので断れないものだ。どうしても博士になってもらわなければ困る」

漱石も譲らなかった。

「博士になった者だけが、日本の学会を支配することになる。まじめに勉強している学者たちが、世間から忘れられることになる。博士号は、学問のためには無い方がよい」

漱石の博士号辞退は、世間を驚かせた。

家に帰った漱石のもとへ、講演の依頼があった。

6月、長野県での講演会には、病後のこともあり、鏡子夫人をともなって、高田、松本、諏訪などを訪問した。

8月は、大阪朝日新聞社から頼まれ、近畿地方の明石、和歌山、堺、大阪の4か所で講演した。

大阪で血を吐いて湯川病院に入院したが、3週間ほどで退院し、9月の半ばに東京に帰ることができた。

4節　大正4年、5年のこと

大正4（1915）年1月21日木曜日、漱石山房に、鈴木三重吉・野上豊一郎・森田草平・安倍能成・内田百閒・江口渙などが集まっていた。

話題は自然と『硝子戸の中』（1915年）の文章の評価であった。

「この話が、ズバ抜けていいと思います」

漱石の顔に興味深そうな微笑が現れた。

「そうかな？　俺はみんなズバ抜けていいと思うがね」

江口渙が、ここで話を切り替えた。

「先生の『こころ』の主人公はおしまいに自殺しますが、自殺しても何もならないと思いますが？　どうしてでしょうか？」

「そうかな？　そいつは困ったな」

漱石の顔には、別に困った様子はなく、軽い微笑をたたえていた。

さらに切り込んだ質問が、漱石に向けられた。

「先生は読み返してみて、どの作品が一番いいと思いますか？」

漱石は即座に答えた。

「『坊っちゃん』なんか、一番気持ち良く読めるね！」

江口渙が「『吾輩は猫である』は？」と尋ねると、漱石も応じた。

「あれも悪くないよ」

漱石は、ふと何かを思い出したように切り出した。

「阿部次郎の『三太郎の日記』、なかなか面白かったが、題がよくない」

「でも、変にトボケていて良いじゃありませんか？」

「良くないな。馬鹿の三太郎と、いかにも馬鹿を売り物にして良くないね」

当日の木曜会での会話で、『吾輩は猫である』『坊っちゃん』が、漱石自身に一番気に入った作品であったことが分かる。

その翌年が、厳しい年となった。

大正5（1916）年5月、漱石は「朝日新聞」に『明暗』の連載を始めた。

11月22日の昼、お茶を持って漱石の書斎に入った下女が驚いた。

「奥様、先生が、お部屋で倒れていらっしゃいます！」

鏡子夫人が走って行くと、漱石が原稿を書きかけのまま、机の上にうつ伏せになっていた。

下女と鏡子夫人に助けられて、漱石は寝床に横たわった。

頭はハッキリしていた。

「人間、死ぬなんて何でもないものだな。俺はこうやって苦しんでいながら、辞世の言葉を考えていたよ」と言って、笑っていた。

急報で、松山中学校の教え子、眞鍋嘉一郎が主治医として飛んできた。

「胃の血管が破れて、ものすごい内出血です。危険です！」と言った。

その事は、新聞にもすぐ発表された。

森田草平、鈴木三重吉、野上豊一郎、小宮豊隆、内田百閒などの弟子が詰めかけて来た。交代で宿直をしながら万一に備えた。

12月9日、胃の中で2回目の大出血が起こって、漱石は意識を失ったまま眠っていた。

漱石の枕元に集まった子どもたちは変わり果てたお父さんの顔を見ていたが、四女の愛子が真っ先に泣き出した。いっせいにみな泣き出した。

「みんないい子だ。こんな所で泣くのじゃないよ」と鏡子夫人が言った。

漱石は「いいよ。いいよ。泣いてもいいよ」と言った。

「中村さんですよ」「中村、だれ?」「中村是公さんですよ」「よしよし」

死ぬ1時間前のことである。

鏡子夫人が水筆に水を浸して漱石の唇にそっとぬった。末期の水である。

12月9日、妻子、知友、門下生らに見守られつつ午後6時45分、早稲田の自宅で息を引き取った。享年50であった。

〈あとがき〉

明治39（１９０６）年10月23日、金之助の狩野亨吉あての手紙がある。「考えて見ると僕は愚物である。大学で成績が良かった。それで少々自負の気味であった。そんなら卒業して何をしたかというと蛇の穴籠りと同様の体で十年余をくらしていた。僕が何かやろうとし出したのは洋行から帰って以後であって、それはまだ三、四年に過ぎぬ。だから僕は発心してからまだほんの子供である」

この手紙は、夏目金之助の生涯を自分で締めくくっている。明治39（１９０６）年は、『吾輩は猫である』『坊っちゃん』を書いた年である。

第一は幼少時の特異性である。平凡な人生ではない。生まれて即、里子・養子という、異常な生育期を過ごしている。金之助は5～6歳にしてすでに人生哲学者となっているのだ。

第二は彼の抜群の才能である。少年時代、僅か11歳で「正成論」を書いた。それぞれの年齢で、金之助は際立った実行力を示している。とにかく、ずば抜けた行動力なのだ。

第三は表現力の豊かさに驚かされる。旅行が好き、自然の観察と描写、人物の捉え方の幅の広さがある。22歳の時の「木屑録」以後、生涯をとおして、漱石の文章力は、自然・人物を表側からだけでなく裏側からも捉えているのである。

その人生では、しばしば神経衰弱に悩まされている。気が狂うほど熱中して取り組むからだろうか。物事をいい加減には済ませないのだ。

夏目金之助の全体像を、どこまで深く幅広く捉え得ただろうか？

作者として力の限り努力はしたが、果たして、初学者から専門の研究者の方々までが満足される作品になり得ただろうか？　極めて疑問である。

〈時間的な流れは、論理的な流れである〉、この原則に基づき本書の各章・各節を構成した。

背景は、大きな時代の流れである。幕藩体制の崩壊、明治維新政府の時代、西南戦争、自由民権運動、そして日清戦争、日露戦争、第一次世界大戦と夏目金之助の生涯は重なっている。

〈事実は小説より奇なり〉バイロンの名言に従って、本書を記述した。

裁判官は先ず物的証拠を求め、次いで現場を見た証人の証言を求める。

本書の記述でも、漱石の『文学論』のF+fを大切な拠り所にした。

金之助から作家漱石への人生の流れが、順序良く理解できるように努めた。

読者諸氏の厳しい御批判を、心よりお待ちします。

陸上自衛隊1等陸佐（旧陸軍大佐相当）佐藤三征様、小倉記念病院長永田泉様、日本磁力選鉱（株）会長原田光久様から原稿の段階からお世話になりました。また、北九州森鷗外記念会理事の泉徳和様や、友人の松永隆志様にも御助言を頂いています。感謝、この上なしです。

また、文芸社の企画・編集に携われた方々のお力添えに、心から感謝申しあげます。

令和5年4月吉日　著者　石井郁男拝

著者プロフィール

石井 郁男（いしい いくお）

1932年、北九州市小倉生まれ。
1955年、九州大学教育学部卒業。小・中・高・大学で65年間、教師生活。主な著書は、以下の通りである。
1986年、『中学生の勉強法』（子どもの未来社）
1992年、『これならわかる日本の歴史Q＆A』（大月書店）
1995年、『教師修業四十年、勉強術の探求』（日本書籍）
1996年、『伸びる子には秘密がある』（学習研究社）
2009年、『森鷗外と「戦争論」』（芙蓉書房）
2016年、『はじめての哲学』（あすなろ書房）
2019年、『カントの生涯』（水曜社）
2022年、『森鷗外小倉左遷の〝謎〟』（文芸社）
2022年、『消された名参謀・田村将軍の真実』（水曜社）
2022年、『霧ヶ岳の〝のろし〟小倉藩・白黒騒動』（風詠社）

猫から学んだ漱石

2023年４月15日　初版第１刷発行
2023年12月10日　初版第２刷発行

著　者　石井 郁男
発行者　瓜谷 綱延
発行所　株式会社文芸社
〒160-0022　東京都新宿区新宿1－10－1
電話　03-5369-3060（代表）
03-5369-2299（販売）

印　刷　株式会社文芸社
製本所　株式会社MOTOMURA

ISBN978-4-286-29003-4